Bibliothèque
DES
Petits Enfants

Librairie Gedalge

Clochetin

ou le Royaume de Sa-Sa

Imprimerie Crété 16e Série
Corbeil 1928

— J'arrive du royaume de Sa-Sa... (Page 31.)

Mme DESBORDES-VALMORE

Clochetin

OU

le Royaume de Sa-Sa

Illustrations de J. MARTIN.

PARIS

LIBRAIRIE GEDALGE

75, RUE DES SAINTS-PÈRES, 75

Clochetin

ou le Royaume de Sa-Sa

ALBERT n'avait pas le goût des livres sérieux ; il n'aimait que les contes de fées, qui ne laissent dans l'esprit aucun germe solide. Les maîtres d'Albert lui disaient pourtant que ces lectures sont pareilles aux fleurs sans racines, ne donnant point de fruits et tombant au premier souffle de la saison. Sa mère aussi lui avait déclaré franchement que sa passion frivole ressemblait à l'appétit des estomacs fantasques, plus épris de friandises que d'une nourriture solide qui forme un sang généreux, et que les livres vrais développent un jugement fort : ces conseils étaient perdus ; Albert n'en voulait pas entendre parler. Il disait à sa sœur Suzette :

— J'aime mieux les gâteaux que le pain, et j'ai raison, puisqu'on nous donne des gâteaux seulement aux jours de fête. quand nous avons été bien sages.

— Mais, répliquait Suzette, si c'étai

fête tous les jours, tu finirais par être malade à force de manger des gâteaux.

Albert, sans lui répondre, se remettait à lire assidûment sa bibliothèque bleue, regrettant qu'au lieu de mille et une nuits, trésor divertissant de fictions orientales passé dans notre langue, on n'en possédât pas dix mille et davantage. Enfin, l'étude lui semblait un sillon aride s'il n'était égayé par Chat botté, le héros de son cœur, Serpentin vert, ou le prince Charmant. Un livre sans images peintes lui paraissait froid et comme inhabité. Il restait les bras croisés devant les cartes de géographie et les tables de calcul, et devenait tout pâle d'ennui, pareil à un frileux immobile devant un taillis où il n'ose porter la hache, sans s'avouer qu'une bonne coupe de ramée le réchaufferait jusqu'aux os, s'il avait le courage de l'abattre et de l'emporter au logis.

Il faut aussi que l'on sache, pour la justification d'Albert, que sa nourrice, grand amateur des contes de sorciers et de revenants, lui prodiguait, depuis le berceau, l'aliment peu substantiel de ces hors-d'œuvre. L'excellente femme, qui n'avait de lumière que pour donner du bon lait à son nourrisson et pour l'aimer de tout son cœur, s'obstinait à fortifier en lui le penchant au merveilleux, que nous possédons tous dans quelque coin de nous-mêmes, et le tenait éveillé chaque soir beaucoup trop longtemps dans l'intérêt de la santé d'Albert. Elle se serait presque privée de sommeil pour l'entendre lire les contes effrayants qui les tenaient en extase durant des heures entières.

Ces lectures à voix haute le fatiguaient beaucoup, tant il criait par l'ardeur de connaître tant de merveilles.

Il courut un jour avec empressement vers Suzette, qui, tenant devant elle un livre ouvert, écrivait sur ses genoux et paraissait copier dans le livre quelque chose qui l'intéressait beaucoup. Albert s'aperçut avec chagrin que le livre était anglais, car, s'étant bien gardé d'en apprendre même l'alphabet, il eut honte de voir que sa sœur le traduisait couramment et fut tenté de s'en aller; mais, comme le livre renfermait de belles gravures coloriées, il espéra qu'elles annonçaient des contes de fées et pria Suzette de les lui lire en français.

Suzette ne le fit pas attendre; elle aimait son frère et se flattait de l'amener bientôt à traduire avec elle cette langue qu'il avait prise en aversion parce qu'il fallait l'apprendre. Albert prêta donc l'oreille à ce petit travail de sa sœur :

J'aime beaucoup la belle vache noire
Qui donne son lait pour tremper notre pain.
Elle en donne, chaque jour et chaque soir,
De ce bon lait chaud, frais et blanc!
    Ô belle vache noire!

Ne va pas ruminer la ciguë ni les mauvaises plantes
A l'odeur forte, venant dans les fonds marécageux et
  verdâtres,
Va manger la primevère jaune qui fait le lait très doux;
Va dans les prés où les bulles d'eau bouillonnent sous
  l'herbe,
Où les violettes s'ouvrent et sentent bon;
Va, belle vache noire, vas-y, et dîne.

— Après? demanda impatiemment l'écolier découragé de ce début, insignifiant, selon son goût.

— C'est tout, dit simplement Suzette; c'est la belle vache noire. Est-ce qu'elle ne te rappelle pas celle de ta bonne nourrice?

— Si; mais dans un livre imprimé peut-on parler de vache? Lis donc l'autre histoire, pour voir; car si tu comptes sur celle-ci pour me faire étudier l'anglais, tu te trompes.

— Eh bien! écoute le pauvre rouge-gorge :

Blessé par une flèche, le rouge-gorge est mort.
Il est devenu corps, le petit chanteur;
Il repose immobile et renversé.
Jamais plus il n'enflera son gosier sonore comme un
  chalumeau de la vallée.
Le rouge-gorge ne charmera plus notre oreille par ses
  notes plaintives;
Ses ailes, qui battaient contre la fenêtre,
N'y viendront plus chercher dans l'hiver une retraite
  attiédie.
Il ne becquètera plus les miettes répandues au foyer
  par les enfants.
La rage d'une flèche a frappé le rouge-gorge.
Le charmant volatile a rendu son souffle musical.
Et le voilà muet, serré dans les doigts de la mort.
Ami de l'innocence, souris et pleure.

Et Suzette, le cœur gros, se couvrit les yeux de ses deux mains, n'en pouvant plus d'envie de pleurer.

— Allons donc, dit Albert, c'est tout uni cela! On en voit par milliers des oiseaux. Comment! tous ces gros livres anglais n'ont pas un seul dragon volant? pas une tour de cristal? pas une caverne enchantée? Rien donc? Tiens, laisse-moi tranquille, car j'ai un mal de tête affreux d'avoir passé mon temps à si peu de chose

Il arriva naturellement qu'il n'eut pas un prix à l'époque des examens de son école; qu'il y fut fortement humilié, et jeté insensiblement dans l'étrange aventure que je vais te raconter, mon cher neveu. Je l'ai gardée en réserve pour la soumettre aux réflexions de quelque enfant plus sage qu'Albert; et je ne crois pas que mon amitié me trompe en me disant que cet enfant-là, c'est toi.

Tu sauras plus tard à la suite de quel événement Albert, renvoyé honteusement de la classe, au temps des vacances, traversa de nuit un bois sombre et désert. Des ténèbres y grandissaient de plus en plus, se déroulant sur les flancs de la montagne : une belle montagne qu'Albert avait l'intention de gravir, l'entrevoyant par-ci par-là sous de charmants reflets de lune, qui luisaient à travers les branches frissonnantes des arbres. Le chant des feuilles était gai, leur bruit et celui d'un ruisseau courant semblaient chuchoter *bonsoir!* à la planète silencieuse qui passait, se mirant à la surface de l'eau, en compagnie de toutes les étoiles dont les rayons blancs rendaient l'obscurité visible.

Albert courait çà et là, tantôt cueillant une fleur inconnue, tantôt s'arrêtant pour écouter le rossignol. « Quel bon moment pour voir apparaître une fée! un génie! un gnome! » pensait-il à part lui. Ne voyant rien venir, il chanta dans l'espoir d'attirer l'attention de quelque prince des bois ou de l'air. Sa chanson, qui n'est point parvenue jusqu'à nous, ne fut saluée que par l'apparition d'une lueur douce errant dans l'herbe. Il y court, et voit à regret que ce n'est qu'un ver luisant, promenant sa lampe sous un labyrinthe de fleurs, pour y attirer un être semblable à lui.

Faute de mieux, Albert avance hardiment la main et va saisir la petite lanterne sourde, quand soudain l'insecte, qui s'est senti toucher, grandit, grandit, s'élève, monte, et comme pour obéir aux vœux fervents d'Albert, se transforme en un diablotin couleur orange dont le rire tintait, pareil à une clochette d'argent : drelinn! dinn! dinn!

Tandis que l'étrange personnage plante en terre son sceptre d'acier bleuâtre de la forme d'un trident, il adresse distinctement cette question à l'écolier, qu'elle fit

... il se laisse mettre en croupe par le cavalier
aventureux... (Page 12.)

tressaillir de joie en lui perçant l'oreille :

— Albert! que fais-tu seul dans le bois ?...

Toute la forêt retentit de cette voix métallique.

— Je cours, je joue et je suis content, dit Albert, qui n'avait pas peur, d'abord parce qu'il était ravi de l'apparition du diablotin, et qu'il avait enfin la preuve que ses lectures féeriques étaient aussi de l'histoire.

— Tu seras encore plus content si tu veux me suivre dans mon royaume, répartit gaiement le génie nain en faisant sonner ses éperons d'or : drelinn! dinn! dinn! Monte avec moi sur mon bon cheval Ralph!... Écoute le bruit de ses naseaux quand il voyage dans l'air : fri! fra! fri! fra! et quand il voyage dans l'eau : frelique! frelaque! frelique! frelaque! et dans la terre : pimm! poumm! pimm! poumm! et dans le feu : cling! clag! cling! clache!!!

Et voilà qu'aux paroles stridentes du roi des Orangers se montre tout à coup un poulain noir aux ailes de dragon. Ses narines lancent des étincelles bruyantes comme des capsules; il frappe du pied, caracole avec impatience en agitant sa selle plus rouge que le corail. L'enfant hésite encore; mais la grâce du cheval le décide; il se laisse mettre en croupe par le cavalier aventureux, tandis qu'il ne tremble à chaque secousse que de rester en si bon chemin.

Pouf!... la terre s'ouvre, et Ralph vole dans ses flancs aussi vite que dans l'air... patapoumm!... Les fers dentelés du poulain laissent leur trace phosphorescente à la crête des sillons, en illuminant le souterrain qui s'élargit par miracle devant lui. Des mandragores envieuses, à demi réveillées, des gnomes curieux et des oiseaux sans ailes criaient aux trois passants rapides :

— Où allez-vous ? Vos passeports, s'il vous plaît!

Tout à coup Ralph fait un bond prodigieux pour trouer une montagne; il y passe comme un fil au travers d'une aiguille, et sème un nouveau sentier lumineux dans l'air qu'il arpente, laissant fuir derrière lui les fleuves, les monts, les vallées, qui diminuent au regard, allant se joindre au niveau des horizons bleus.

Le diablotin, devenu silencieux, tire alors de sa poche un porte-cigare en topaze brûlée. Il le remplit de vétiver et d'ambre jaune et se met à fumer bruyamment, envoyant des bouffées d'un parfum chaud dans le nez et la chevelure noire d'Albert, qui, n'ayant aucune habitude de ces flocons de fumée, se sent forcé d'éternuer sans pouvoir se retenir.

— Dieu vous bénisse! lui dit en passant une tourterelle du fond de son nid, dont

la voix ressemble étrangement à celle de
Suzette sa sœur.

Albert eût voulu s'arrêter pour lui
dire : « Merci! » mais : fri! fra! fri! fra!
De temps à autre le diablotin crache une
étincelle et, pour reprendre haleine, boit
dans une perle creuse. Savez-vous ce qu'il
boit ? Rien moins que de l'opale gazeuse
et du diamant liquide, dont il n'offre pas
une goutte au voyageur qu'il emporte, et
qui a soif. Albert n'eût osé, pour sa vie,
lui demander à boire ni lui adresser la
moindre question; ce qui fait qu'il ne
savait pas encore que c'était là Clochetin,
empereur du royaume de Sa-Sa, sur le
cheval duquel il avait l'honneur de galoper,
loin de la maison paternelle. On marche,
on court, on vole aussi rapidement que les
sorcières du nord, montées sur les tamis
et les balais de sureau sans moelle.

Mais voilà qu'au loin flotte un nuage
vert d'eau, moiré des reflets de l'émeraude;
en même temps Ralph hennit sur le ton
d'une armée qui rit aux éclats; puis il
entre par une longue fente verte dans le
léger royaume de Sa-Sa; car c'était en
vérité le royaume de Sa-Sa. Albert respi-
rait à peine, tant la curiosité le possédait,
lorsqu'une foule de sujets orangés, gros
et ronds comme la pomme jaune de
l'Orient, vinrent saluer le monarque en
se tirant trois fois l'oreille gauche, qui,
par suite de cet exercice courtisane que,

Le roi du nuage invita l'enfant à prendre un repas dans son palais. (Page 16.)

était devenue plus longue que la droite. Cette oreille adulatrice se terminait par une sonnette, soit en argent, soit en cristal, soit en cuivre, suivant la fortune du courtisan à qui elle était indispensable, par la raison qu'elle simulait une flatterie en jeu de mots sur le nom de leur roi Clochetin. Les louangeurs avaient beau toutefois se tirer démesurément l'oreille, cette clochette, en quelque métal qu'elle fût, ne rendait qu'un son enroué, qui ne plut pas à Albert.

Clochetin, voulant se rendre populaire, tira pareillement son oreille pour leur répondre dans la même langue et les payer de la même monnaie. A tout prendre, sa clochette royale n'avait pas un son plus pur que les autres; mais elle fut couverte d'applaudissements; les sujets flatteurs et flattés, sautant et pirouettant à pieds joints, crièrent à tue-tête :

— Tin! tin! tin!... Vive Clochetin!

Un écuyer, fendant l'air et la foule comme un faucon qui a rompu sa chaîne, vint tendre aux voyageurs son genou, sur lequel le monarque fit descendre Albert de plus en plus reconnaissant.

Aussitôt Ralph disparut avec l'écuyer haut de trois cigarettes. Pendant qu'il se faisait épousseter avec soin, le roi du nuage invita l'enfant à prendre un repas dans son palais.

Albert était au désespoir de n'avoir pas

faim; il souffrait au creux de l'estomac, à cause peut-être de toutes ces merveilles qui excitaient en lui trop d'admiration. Néanmoins, comme il espérait retrouver de l'appétit après l'exercice violent du cheval, il répondit avec soumission :

— Je le veux bien.

On pressa pour lors la toilette du roi; ses bottines de peau d'aspic furent lustrées avec un vernis transparent, qui les fit brillantes comme des miroirs. Elles étaient infiniment trop étroites, comme il convient à un prince élégant qui donne le ton et qui va dîner en public. On y alla au son des flûtes de cristal et d'instruments aériens, parmi lesquels Albert fut étonné d'entendre un violon qui jouait faux comme celui du maître de musique de sa pension.

— Oh! les belles choses! disait-il en regardant de ses grands yeux les lambris de nacre fleuragés d'émail bleu, les tables d'agate et de malachite, d'un vert à reposer les yeux les plus éblouis du monde, et les vins bouillonnants, dont les rayons pourpres ruisselaient sur les nappes de toile de Hollande garnies de dentelles, marquées en perles d'Orient au nom de Clochetin, par une grande fée de ses amies.

On plaça tout autour du buffet les musiciens habiles et altérés, pour les exciter à bien jouer, par l'arome de liqueurs

extrêmement fines. L'harmonie fut d'abord
sourde et lente; elle n'éclata qu'au dessert,
à la manière d'un coup de tambour.
Le nuage bondissait de folle joie. Albert,
dont l'imagination trottait sur la mesure
d'une polka de sa sœur et du galop de
Ralph, disait toujours en lui-même : « Non,
il n'y a pas de collège au monde qui
puisse donner un pareil divertissement!
Non, je n'aime pas le collège, je n'aime
que le royaume de Sa-Sa! » Puis il man-
geait, comme malgré lui, d'une crème d'or,
pralinée d'amandes de cacao; des pis-
taches sautées dans du lait de gazelle, des
bonbons d'Aboukir, flottant dans un extrait
de thé impérial; des caramels de roses,
fondant sous le regard; enfin, des pêches
plus grosses que la tête du monarque.
Albert désirait vivement reporter un peu
de toutes ces choses à sa mère, car, au
milieu de sa fièvre enchantée, Albert
pensait fréquemment à sa mère. Pourtant
le dîner se prolongeait sans mesure, sans
ennui.

Qui est-ce qui servait ce repas royal?

Personne. On disait : « Je veux ceci,
je veux cela, » et le mets intelligent ne se
faisait pas attendre; il se posait de lui-
même devant l'appétit réveillé du convive.
Mais, au bout du compte, rassasié, sur-
chargé, bourré de mille autres délices,
qui ne se trouvent que dans les royaumes
les plus près du ciel, le roi Clochetin

se leva; haussant d'une main son verre
de Bohême, et de l'autre prenant la
main du jeune touriste, il but largement à
son heureux voyage.

— Tinn! tinn! tinn! crièrent les invités,
ivres de dévouement.

Et, se touchant l'oreille droite pour
saluer Albert, ils s'entrelacèrent par leurs
bras menus pour exécuter une sarabande
vive, appelée *pain-d'épice*. Parcourant
ainsi la salle dans l'ordre serré des petits
bonshommes de pain d'épice ornés d'une
plume, que l'on vend un liard sur la
terre, les orangers tournaient, valsaient,
galopaient; puis, saluant en masse de tout
leur corps à la fois, ils crièrent :

— Albert! Albert aura le prix de lec-
ture, d'obéissance et de grammaire; par
la protection du puissant Clochetin, Albert
aura la croix sans s'être donné la moindre
peine pour l'obtenir.

— Un moment! ce serait trop fort!
cria le maître de la pension d'Albert
qu'il reconnut distinctement à travers
une porte du nuage; je ne souffrirai point
que, dans mon pensionnat, le moindre
prix soit enlevé par la faveur; celle du roi
même n'ébranlerait pas ma justice. Tant
pis pour Albert, s'il a été humilié par la
distribution loyale de nos récompenses!
son tort est de n'en avoir mérité aucune.
Qu'il renonce aux billevesées qui lui
troublent le cerveau; qu'il apprenne la

géographie, l'histoire, l'arithmétique; qu'il orne sa mémoire et forme son langage avec la prose admirable de Buffon, les vers ou plutôt les idées immortelles de La Fontaine et de Corneille; nous l'admettrons alors au concours où viennent de se distinguer ses camarades. Puisque Albert est destiné comme nous à vivre avec les hommes de la terre, il faut qu'il en apprenne les idées, les vertus et les mœurs. Ce n'est pas dans les régions imaginaires de la féerie et des enchantements que nos fils trouvent à s'établir ni à se créer une réputation solide. Notre petit songe-creux doit donc entrer simplement dans la voie de tout le monde, sinon je serai forcé de le renvoyer à sa famille.

A cette sortie inattendue contre Albert, tous les convives étaient restés silencieux; on le regardait avec moins de considération, ce qui lui perça le cœur et lui fit monter le rouge au visage.

— Mais, monsieur, répondit une voix douce, faites attention qu'Albert n'est pas en état de nous entendre en ce moment; il est menacé de la rougeole et son sommeil est agité. Que votre bonté nous accorde un peu de temps avant de le soumettre à votre rigueur salutaire; je l'aime trop pour ne pas vous seconder encore de tout mon pouvoir; un peu de temps, monsieur, un peu de temps, je vous en conjure!

Il était évident que la mère d'Albert venait de parler; mais comment se trouvait-elle avec son maître dans le vestibule de la salle du festin ? Albert ne pouvait s'en rendre compte. Il lui sembla pour un moment qu'il vivait double. Être ainsi tout à la fois avec sa mère et chez un roi lui devenait on ne peut plus incompréhensible.

Il tremblait que Clochetin ne s'offensât de cette discussion un peu longue et sérieuse pour les habitudes légères du nuage. En effet, les courtisans échangeaient entre eux un sourire de dédain, tandis qu'ils se taisaient par suite de l'ascendant que prend toujours la raison sur la folie.

Ce silence fit que la réponse du maître fut entendue aussi clairement que s'il eût parlé au milieu de la chambre.

— Vous êtes une excellente mère, madame; je ne crains donc pas de vous dire toute la vérité sur Albert, pour nous aider mutuellement à le guérir. Le mouvement intérieur de l'émulation lui manque; ce qui lui en tient lieu, voulez-vous le savoir ? c'est la secrète espérance qu'un géant attendri, ou Riquet à la houppe, lui rendant un jour amitié pour amitié, pourvoiront à tout dans sa vie, où il n'aura qu'à regarder l'eau courir et l'oiseau monter dans l'air. Erreur déplorable, madame, qui fausse beaucoup de jeunes esprits. Il est à craindre que celui d'Albert ne s'intéresse que bien tard à l'étude. Mais, pour vous prouver que je ne veux pas asservir trop tôt votre enfant aux travaux sérieux dont il a maintenant une si grande horreur, je vous prie d'entendre ce que nous faisons apprendre aux plus petits pour les mener par une pente douce à la science de la nature. Cette science est trop belle pour la revêtir du merveilleux dans lequel Albert cherche un bonheur nuisible. Voulez-vous lire, mademoiselle Suzette ?

— Je le veux bien, monsieur.

Et la voix de Suzette mit le comble à l'étonnement d'Albert.

LA MÉMOIRE D'UN OISEAU

« Une frêle créature de Dieu, l'oiseau d'un champ, roulé dans le vent de l'orage, fut relevé parmi les sillons, et secouru par un homme compatissant, car il y a des hommes compatissants. Celui-là, doux au faible, ne voulut prendre aucune nourriture qu'il n'eût auparavant sauvé le passereau. Il ôta l'argile de son aile qui traînait, la lui remit, le réchauffa de son haleine, lui donna la semence fortifiante, puis il lui dit : « Vole... » Pour lors, son jeune hôte remonta joyeux vers le ciel, raconter un peu de sa vie

... Il lui donna la semence fortifiante, puis lui
dit : « Vole.. » (Page 22.)

d'oiseau, et chanta! A quelque temps de là, l'homme, qui se ressouvient, ne le voyant plus reparaître alentour, dit en lui : « La mémoire d'un oiseau, où est-elle ? »

« Et voilà qu'il entend becqueter vivement contre sa fenêtre; il l'ouvre... Le passereau du champ lui en amenait un autre traînant l'aile, quasi mort, comme autrefois il avait été lui-même. Mais, pour lors, tout zélé, tout guéri, tout alerte, il voletait de l'épaule de l'homme à son ami sanglant, regardant l'un, puis regardant l'autre qu'il semblait recommander éloquemment au Samaritain des oiseaux. L'homme vit cela et ses yeux se mouillèrent.

« Sur quel cœur, en effet, son image était-elle mieux gravée que sur ce cœur d'oiseau ? »

— Maintenant, donne à boire à ton frère, dit la mère à la jeune fille qui avait fini de lire.

Albert ne put se défendre d'un peu de courroux en s'apercevant que la voix de Suzette, qu'il aimait, venait de plonger l'assemblée dans un profond sommeil. Il se crut destiné à toutes sortes de mortifications, et celle-ci l'atteignit dans le cœur. Dès lors, une sympathie profonde le rappela vers les personnes de sa maison, qu'il entendait sans les voir. Le royaume de Sa-Sa lui plaisait encore, il est vrai;

il y était heureux, mais heureux sur la pointe du pied, si l'on ose s'exprimer ainsi; cette fête engourdie commençait à le charmer moins que dans son début de la forêt aux fleurs.

Toutefois, les musiciens ne dormaient que d'un œil. Le voisinage du buffet et des flacons transparents, pleins de vins doux et limpides, éveillait en eux une grande soif. Las d'attendre qu'on les servît, ils se résolurent à se servir eux-mêmes. Par malheur, en avançant les bras, leurs instruments tombèrent avec un bruit qui réveilla tout le royaume. Alors, pour n'être pas soupçonnés d'avoir voulu se désaltérer trop familièrement, ils se mirent à jouer d'une façon éner-gique, et comme si rien n'était. Bientôt les lustres, les plats, les carafons, le cheval, les écuyers, les courtisans entrèrent en danse, et ce fut un galop d'autant plus emporté que le roi, en tête de la bande, en stimulait la rapidité par son exemple. Les murs semblaient tourner au rebours; Albert dansait de force; il eût peut-être toujours dansé, si un fracas formidable n'eût eu lieu tout à coup au milieu du bal : le palais craque, se brise et roule en débris par les nues; Albert tombe comme un ballon perdu, et Ralph tombe sur lui : pliff! plaff! pouff! Tout se heurte contre terre.

A la lueur d'une veilleuse, qui lui

rappelle celle qu'on allume quand quelqu'un est malade au logis, l'enfant croit reconnaître sa maison et son lit, d'où il vient de tomber dans la ruelle. D'abord il se figure qu'il sort d'entendre lire un conte fantastique; mais il revoit toutes les clochettes du roi suspendues au gland d'un rideau bleu, où ses mouvements les agitent comme s'il sonnait au feu; c'était donc bien le tapage épouvantable de la chute de Sa-Sa qui occasionnait celui du sabre et du polichinelle qu'Albert avait décrochés en dégringolant du ciel pour se délivrer de Ralph. Il crut que sa mère accourait au milieu du désordre, et le recouchait en baisant ses yeux baignés de sommeil; il s'efforça, mais il ne parvint pas à les ouvrir, non plus que ses lèvres serrées par la crainte.

Frrrrrou!!! dans quelle sombre région il rentre! on ne distingue plus rien : du vert, du rose, de l'orange, des formes vagues, des carrés, des cercles, des ovales, des angles, des cartes de géographie, des têtes, des bras, des lumières, enfin de petits hommes de chair, et d'autres de pain d'épice; un roi, tournant encore, mais plus lentement, autour des yeux d'Albert; puis tout s'efface de nouveau parmi l'obscurité.

Le voilà transporté sur un globe, où la nuit règne encore; il s'y acclimate rapidement et s'abandonne au cours de l'eau

dans une barque qui peut à peine le
contenir, bien que raccourci de tout son
pouvoir et pelotonné jusqu'à manquer
d'haleine. Par degré les flots résistent,
montent et rasent les bords du bateau,
qui s'enfonce, disparaît, et continue son
voyage sous l'eau plaintive, dont les
sanglots disent : « Mais, c'est affreux ce
que vous faites là, mon enfant! voyager
toujours sans passeport et sans connaître
la géographie! Savez-vous que je ne suis
pas toujours maîtresse de sauver ceux
qui se jettent ainsi dans mes bras! »
Qu'importe, puisque Albert y glisse comme
une dorade! Un joli petit poisson rouge
vient le narguer; d'autres, plus clairs que
le diamant, nagent autour de lui et
clapotent en lui jetant des globules au
visage; et la barque file, file toujours...
Chut! la voilà qui s'ébranle, et l'enfant
moins hardi se retient à la proue; il
appelle des yeux une enseigne qu'il a vue
au pied du pont Neuf, avec ces mots :
« Secours aux nageurs imprudents. » Pas
plus d'enseigne que de mariniers. Soudain,
la barque agitée se change... en quoi?
mon Dieu! en Ralph lui-même; en Ralph,
le coursier de Clochetin. Cette fois, Ralph
porte la Peur pour cavalier, et la Peur
s'accroche tantôt à ses oreilles, tantôt au
harnais, tantôt à la selle du poulain, où
pendent et s'agitent mille grelots réson-
nants : drelin! drelin! drelin!... Et la

courrière chuchote à l'oreille d'Albert que
ce sont là tous les cris des courtisans du
roi, pendus pour avoir menti maladroite-
ment à Sa Majesté. Albert n'en revient pas.
« Regarde! ajoute l'amazone fiévreuse;
voici la Vérité! » Il ne voit qu'un bel
arbre lumineux dont il cherche à saisir
quelques feuilles d'argent qui s'éparpillent
autour de lui comme des étoiles filantes.
Dès qu'elles se trouvent dans sa main,
elles deviennent des morceaux de papier
blanc, dont on n'aurait pas daigné faire
des cocotes, exercice favori d'Albert durant
l'heure des classes. Ainsi, le pauvre garçon
voyait fuir tous ses bonheurs comme
des volées d'oiseaux. Il était horriblement
fatigué de tant de déceptions, et laissait
involontairement couler des larmes le
long de ses joues aussi pâles que celles de
la Peur.

— Albert! lui crie à son tour le poulain, qui n'avait pas encore parlé: il faut
que tu sois bien endormi pour ne pas te
rendre compte que tout ceci n'est qu'une
punition de ta paresse à t'instruire comme
tes camarades. Sans doute, les enfants et
les hommes ne lisent pas un conte de
fées sans plaisir; mais ils n'y croient pas,
car ils savent lire dans l'arbre de la Vérité,
où tu ne vois que du papier blanc. Puisque
tu as fatigué la patience de tes maîtres,
qui sont des gens d'esprit, écoute donc les
bêtes qui ont pitié de toi.

— Mais, monsieur, balbutie l'écolier, qui perdait la tête et dévorait ses larmes, je n'ai jamais vu qu'à Bagdad ou à Stamboul on gronde le moins du monde les enfants qui n'étudient pas.

— On les empale!... Et toi, tu m'indignes, résume le poulain en s'élançant sur lui d'un tel bond qu'Albert pousse un cri terrible.

Alors seulement il ouvre franchement les yeux, croyant voir ceux de Ralph flamboyer et le regarder fixement. C'était son chien terre-neuve, entre les bras duquel il se débattait, le prenant pour un cheval enchanté. Son gros chien Gull, pareillement effrayé du cauchemar de son jeune maître, surveillait, comme une sentinelle, l'agitation croissante de l'écolier malade. Gull n'avait pas quitté le pied du lit où l'enfant lui semblait aux prises avec quelque ennemi invisible, ce qui le faisait gronder sourdement et montrer les dents à tout hasard. Le fidèle animal venait enfin de se jeter sur lui pour le sauver, quand la mère, alarmée par ce charivari nocturne, accourut une deuxième fois replacer Albert sur son lit, dont il prenait les pieds pour la tête.

— Qui t'a donc fait ainsi tomber par terre, mon enfant?

— C'est moi-même, et je ne l'ai pas fait exprès, dit Albert, pressé de justifier son chien et lui.

— Il faudrait faire exprès de ne pas tomber, répondit doucement la mère; te voilà bien haletant, mon pauvre Albert.

— J'arrive du royaume de Sa-Sa et de la Rivière qui parle, repartit Albert, aussi las que dégoûté des enchantements.

Alors il raconta tout à sa mère, qui, peu à peu, parvint à lui prouver que son voyage était un rêve de sa fièvre, et n'était pas plus vrai que les contes qui le lui avaient inspiré.

Albert, devenu silencieux, et se tenant serré contre sa mère qu'il n'aurait plus quittée alors pour toutes les fées et tous les rois du monde, regarda dans l'autre chambre dont la porte était ouverte : on soupait en rond autour de la table de famille. Suzette servait respectueusement à boire au maître de pension de son frère, qui lui avait fait lire *la Mémoire d'un oiseau;* car ce bon maître était venu prendre des nouvelles de l'écolier malade, dont il estimait beaucoup les parents. D'après tout ce que la mère alla dire du cauchemar de son enfant, le père, la sœur et le maître vinrent en hâte jusqu'à son lit l'embrasser, et lui exprimer les vœux que l'on faisait pour son retour à la santé.

Il n'eut qu'une rougeole très bénigne.

Le résultat de ce rêve, doux et affreux, fut donc le retour d'Albert à la raison.

Je sais, mon cher Henri, que la plupart

des lecteurs de sept ou huit ans riront d'Albert, eux qui ont lu sans danger *Cendrillon, la Belle au bois dormant,* et autres contes dédiés à l'enfance; mais ces jeunes docteurs, avec un peu de réflexion, auront de l'indulgence pour un pauvre rêveur de leur âge, qui ne s'est pas tenu droit sur le premier échelon de la vie; ils lui doivent même quelque estime, à cette heure où il est parfaitement guéri des visions dont il garde un peu de honte. C'est de lui que j'obtiens la permission de t'en entretenir; c'est sous sa dictée que je les écris pour toi.

Le petit écolier, qui sait maintenant Buffon et La Fontaine, l'histoire ancienne et l'histoire moderne par cœur, dit qu'il veut consacrer sa vie entière à l'étude de la vérité, parce qu'il pense que c'est l'unique moyen de rendre cette vie utile et heureuse.

Qu'en penses-tu, toi ?

6226-28. — Corbeil. — Imp. CRÉTÉ — 3-1928.

www.ingramcontent.com/pod-product-compliance
Lightning Source LLC
LaVergne TN
LVHW021656170726
843501LV00007B/2604